AF216804

Danke an Holly Alberich, Julia Stenzel, Lisa Smolinski, Tobias Dürr und natürlich die Mädels vom Autor:innenkollektiv Schreibfeder.

Christine Kulgart

Sonst holt dich der GaugaMa

Historischer Ulm-Krimi

tredition

Impressum

© 2024, Christine Kulgart
Umschlag: Christine Kulgart

Druck und Distribution im Auftrag von Christine Kulgart.
tredition GmbH, Halenreie 40-44, 22359 Hamburg, Deutschland

ISBN
Paperback   978-3-384-16107-9
Hardcover   978-3-7115-0811-9
E-Book   978-3-384-16108-6

Inhaltsverzeichnis

DRAMATIS PERSONAE

Bernhard Holder - Fischer, Hannes' Vater
Emmerich Mayer - Henker
Evelyn Holder - Hannes' Großmutter
Greta Weihersdorfer - Tochter eines Schusters
Hannes Holder - Fischer
Heinz Munkel - Fischer
Ilse Holder - Hannes' Mutter
Marie Mayer - Tochter des Henkers
Markus Böckel - Gendarm
Norbert Wasner - Fischer
Wilhelm Munkel - Zunftmeister der Fischerleute

Prolog

Manchmal war es leicht zu vergessen, dass die Dunkelheit in der zweiten Hälfte des Jahres stets früher eintrat und mit einem Mal alles Licht verschluckte. Über den Auen rund um die Blau hing der Nebel tief über den Feldern und verfing sich in den kahlen Bäumen, bis man kaum mehr weiter als zwei Fuß sehen konnte.

Hannes hatte nicht bedacht, dass er sich noch auf den Rückweg in die Stadt machen musste. Er hatte seiner Großmutter versprochen, ihr Bachforellen zu fangen. Sie lebte nicht weit vom Fallenstock entfernt, wo der Fluss auch im Herbst abfiel. Hier fischte Hannes am liebsten und er wollte ihr die Forellen so frisch wie möglich nach Hause bringen.

Der Nebel wurde immer dichter, sodass er das Wasser kaum noch sehen konnte. Nur die kleine Laterne, die er vorsichtshalber mitgebracht hatte, spendete ihm etwas Licht. Eine Forelle zappelte bereits in seinem Eimer, doch zu mehr reichte es heute nicht. Er zog die Rute aus dem Wasser und seufzte, als er den Köder vom

Haken nahm und ihn in das flüsternde Gewässer warf.

Gang net näh ans Wasser na, sonscht holt di dr ´GaugaMa.

Hannes konnte die Worte seiner Großmutter hören, die sie ihm eingebläut hatte, seit er laufen konnte. Die Sage des GaugaMa, der seine unwissenden Opfer in die Tiefen der Blau zog, um sie zu ertränken, war nicht nur den Söflingern, sondern auch den Ulmern ein Begriff. Schon früher hatte Hannes die Geschichte gerne gehört und sich dabei gegruselt – doch es hatte ihn nie davon abgehalten, sich dem Fallenstock zu nähern.

Bei jedem Besuch seiner Großmutter war er gemeinsam mit seinen Cousins und den Nachbarskindern losgezogen, und sie hatten einander im Schilf nah des Ufers erschreckt und mit dem brackigen Wasser im Sommer nassgespritzt.

Dass ihm die Sage gerade jetzt einfiel, verwunderte Hannes nicht – der Nebel tat sein Übriges, um sein Unwohlsein zu steigern. *Reiß dich zusammen, Hannes – du bist siebzehn und kein kleines Kind mehr,* versuchte er sich selbst Mut zuzureden, während er seine Habseligkeiten zusammenpackte.

Plötzlich hörte er ein Plätschern; lauter als das des Flussabfalls. Verwirrt blickte er sich um, aber im Schein seiner Laterne sah er nur die gefangene Bachforelle zappeln.

Zu spät bemerkte er die kalte Hand, die sich um seine Kehle schloss und ihn zurück riss, sein Schrei erstickt von einer zweiten, glitschigen Hand. Der Fuß des jungen Mannes stieß gegen den Eimer und das Wasser ergoss sich samt Forelle auf dem platt getretenen Gras, ehe es das Licht der Laterne erlöschen ließ.

Nur das unheilvolle Wispern des Wassers erhob sich über den Flussauen.

Kapitel 1

Die Fischerleute trugen Trauer.

Für Marie war es kein seltener Anblick, und doch jagte es ihr einen Schauer über den Rücken, als sie durch das Fischerviertel eilte. Der einzige Trost war, dass es diesmal nicht die Schuld ihres Vaters war. Als Tochter des Henkers waren ihr der Tod und seine Konsequenzen nur allzu bekannt. Wann immer es Zeit wurde, ein Urteil zu verhängen, klopfte es an der Tür ihres Hauses im Henkersgraben und ihr Vater bereitete sich auf die Vollstreckung vor. Manchmal riefen sie ihn ans Donau-Ufer und manchmal auf den Marktplatz, an anderen Tagen musste er zur Richtstätte außerhalb der Stadt oder gar zum Galgenberg. Es gab viel zu tun für einen Henker, besonders in einer Stadt, die stetig über ihre Mauern hinaus wuchs.

Marie kannte es nicht anders. Ihre Mutter war früh verstorben und die Tanten wohnten allzu weit entfernt in Augsburg oder gar München. Ihr Vater, Emmerich Mayer, hatte sie nicht fortgeben wollen, nachdem er bereits seine Frau verloren hatte. Und so zog er das Mädchen alleine groß und widmete ihr jede freie Minute. Die Nachbarn flüsterten oft darüber, aber es war Emmerich egal.

Nur Gott konnte über ihn richten – und zu ihm betete er jeden Morgen, jeden Abend, und vor jeder Hinrichtung. Der Tod klebte an seinen Händen, aber am Ende war auch ein Henker nur ein Handwerker wie jeder andere – und ein liebender Vater für seine Tochter.

Emmerich hatte seine Tochter nie belogen: Sie wusste, was er tat und warum. Nur bei den Hinrichtungen wollte er sie nicht sehen. Es war eine Sache, darüber zu sprechen – und eine völlig andere, sein Handwerk ausgeführt zu sehen. Eine der Nachbarsfrauen – eine Witwe – hatte Marie bei sich aufgenommen, wann immer man Emmerich zur Arbeit rief, bis sie alt genug war, alleine zu bleiben.

Mittlerweile war Marie schon sechzehn und sie bewegte sich frei durch die Stadt. Manche sahen es nicht gerne, dass sie noch unverheiratet und so sorglos durch die Straßen huschte, doch Emmerich war das egal: Das Glück seiner Tochter bedeutete ihm mehr als die Lästereien der Ulmerinnen und Ulmer. Sie waren sowieso schon verpönt, denn alle wollten Gerechtigkeit, doch niemand wollte mit jenen, die sie vollstreckten, gesehen werden.

Auch jetzt war sie alleine auf dem Weg zum Schuhhaus, wo ihre Freundin Greta zusammen mit ihrer Familie ihre Waren feilbot. Die Schuster zeigten dort ihr Handwerk an den Markttagen und Marie nutzte die Gelegenheit, um sich mit Greta auszutauschen.

Sie zog das Schultertuch enger um sich, als sie durch die Kälte eilte, während Satzfetzen an ihre Ohren drangen. *Ertrunken, noch so jung.* Marie runzelte die Stirn und hoffte, dass Greta mehr wusste.

Kapitel 2

Der Duft von Leder, Leim und Holz begrüßte sie, als sie das Schuhhaus betrat. Neben den Gesprächen der Handwerker und der kaufwilligen Ulmer hörte man das Klopfen von Hämmern, die Nägel in Sohlen stießen, und das Gelächter der Schuhmachergesellen, die einander anstießen, bis ihre Meister sie mit Blicken schalten.

Marie fand Greta sofort, denn die Familie Weihersdorfer war stets an der Nordseite des Saals zu finden. Geschickt drängte sich die junge Frau durch die Reihen, wich vollen Weidenkörben und wild gestikulierenden Herrenarmen aus, ehe sie sich auf einen Schemel neben ihrer besten Freundin fallen ließ und erleichtert ausatmete.

Selbst im schlechten Licht des Saals sah Greta ein wenig aus wie die Gottesmutter auf Ikonen; ihr braunes, geflochtenes Haar um ihren Kopf gewickelt und ihre großen, blauen Augen mit einem Ausdruck ständiger Verwunderung erfüllt. Sie hatte einen Stiefel auf dem Schoß und vernähte geschickt einen kleinen Makel, während Marie ihr dabei zusah.

„Was gibt es Neues?" fragte Marie schließlich, als sie die Stille nicht mehr aushielt. Davon hatte sie schließlich schon genug zu Hause, wenn ihr Vater seiner Arbeit nachging.

„Hast du es schon gehört?" antwortete Greta leise und lehnte sich vor, sodass nur Marie ihre Worte vernahm. „Der Fischer-Hannes ist verschwunden – ertrunken, in der Blau!"

„Was?" Marie blinzelte. Sie kannte den Fischer-Hannes. Immer wenn sie an der Blau oder Donau entlang lief, hatte er ihr freundlich gewunken, und ihr sogar einmal eine Regenbogenforelle, die er gefangen hatte, zugeworfen.

„Deshalb tragen die Fischer Trauer!" rief Marie und Greta schlug ihr schnell die Hand vor den Mund.

„Shhhh, nicht so laut! Sie haben seine Jacke, seinen Beutel und seine Angel beim Fallenstock gefunden. Gendarm Böckel ermittelt bereits."

Sie beide kannten den Gendarm gut, Markus Böckel, den sie oft hinter seinem Rücken *den Gockel* nannten. Er war noch nicht sehr alt und hatte sich durch seine hervorragende Arbeit an diese Position gearbeitet, doch nun stolzierte er wie ein Gockel in seiner Uniform durch die Stadt – den roten Bart akkurat gestutzt und das Haar nie außer Form.

„Er war heute Morgen bereits hier und hat die Leute befragt. Nur deshalb weiß ich davon", erklärte Greta und verknotete das Ende des Fadens.

„Mutter? Ich habe den Stiefel fertig. Kann ich mit Marie gehen?" fragte sie und reckte den Kopf, um ihre Mutter zu sehen, die eifrig zum Verkauf stehende Schuhe aufreihte und das Leder polierte. „Geh nur – aber sei zurück, bevor wir zusammenpacken." Greta wusste, dass ihr Vater es nicht gerne sah, wenn sie sich herumtrieb, anstatt zu helfen.

Sie richtete ihre rostfarbene Schürze, bevor sie Marie die Hand hinhielt und ihre Freundin aus dem Schuhhaus zog.

Kapitel 3

„Und was hatte der Junge am Fallenstock zu suchen? Ist die Donau vor der Haustür nicht genug?"

Gendarm Böckel musterte die Frau, die vor ihm an ihrem Küchentisch saß. Ein Tuch verdeckte ihr Haar und ihr Gesicht war verquollen von den vielen Tränen, die sie vergossen hatte. Auf dem Tisch zwischen ihnen standen der verdellte Eimer und die Angelrute, die Hannes gehört hatten.

„Meine Mutter, sie lebt in Söflingen. Er besucht sie oft und fängt ihr Bachforellen in der Blau. Ich weiß nicht, warum er sie gerade dort fängt." Frau Holder schluchzte und hielt sich ihr kariertes Taschentuch vor die Lippen, während der Gendarm sie musterte und sich Notizen mit seinem Bleistift machte.

„Hätte er das denn nicht tagsüber machen können?"

„Es reicht! Mein Sohn ist tot und Sie versuchen ihm selbst die Schuld daran zu geben?!" Herr Böckel zuckte leicht zusammen, als die Stimme von Herrn Holder durch die Küche polterte. Der Mann hatte nur an der Wand gelehnt, doch nun baute er sich bedrohlich vor dem Gendarmen auf. Er trug die Zunfttracht der Fischerleute, doch auch daran sah Böckel die Zeichen der Trauer.

„Herr Holder, ich versuche nur, diesen Fall zu lösen. Wir wissen nicht, ob Ihr Sohn ins Wasser gefallen ist, oder ob er gestoßen wurde. Vielleicht ist er auch freiwillig gegangen..."

„Wie können Sie es wagen, meinem Sohn so etwas zu unterstellen? Haben Sie denn die Jacke nicht gesehen?"

Der Fischer griff nach der Jacke, die ihnen gebracht worden war. Sie war immer noch nass, und es fehlten einige Knöpfe. An der Schulter war eine Naht aufgesprungen.

Böckel seufzte nur. An Tagen wie diesen verabscheute er seinen Beruf. Er konnte die Trauer der Mutter nicht an sich heranlassen und musste auch die Wut des Vaters erdulden, ohne selbst die Nerven zu verlieren.

„Ich versichere Ihnen, dass wir alles in unserer Macht Stehende tun werden, um den Fall zu klären."

„Und bringen Sie mir meinen Jungen nach Hause, wo er hingehört", zischte Herr Holder, ehe er hinter den Stuhl seiner Frau trat und ihr die Hände auf die Schultern legte.

Der Gendarm musste alleine hinausfinden.

Kapitel 4

Marie und Greta saßen am Fuße des Ulmer Münsters und teilten sich eine Brezel, die sie vom Bäcker, der seine Waren auf dem Markt anbot, erworben hatten. Sie war noch warm und dampfte leicht in der kühlen Luft. Marie war froh darüber, denn ihre Hände fühlten sich kalt an und wurden durch das salzige Laugengebäck erwärmt. Ihre Schulter berührte Gretas, während sie still vor sich hin aßen und die Ulmerinnen und Ulmer, die aus dem Schuhhaus kamen, beobachteten. Beiden ging der Fischer-Hannes nicht aus dem Kopf.

Die beiden Mädchen trafen sich oft hier, wenn am Rathaus die Marktflagge wehte und das geschäftige Treiben ankündigte. Markttage waren fast schon heilig in der Stadt: Jedes Verbrechen, das an einem solchen Tag begangen wurde, wurde doppelt so hart bestraft. Für gewöhnlich blühte Marie im bunten Markttreiben zwischen den lokalen Verkäufern und jenen, die von außerhalb kamen, richtig auf. Sie war das stille, ruhige

Leben gewöhnt und sehnte sich manchmal nach mehr Leben und Aufregung.

Doch heute war alles anders. Obwohl die beiden Hannes nicht als Freund bezeichnen würden, so war er doch stets freundlich zu ihnen gewesen. Marie konnte sich kaum vorstellen, sein Gesicht nicht mehr zu sehen, wenn sie durch das Fischerviertel zur Donau lief.

„Seine arme Mutter", murmelte Greta schließlich – fast als habe sie die Gedanken ihrer Freundin gelesen.

„Ich kann es kaum glauben. Wie ist das nur geschehen?"

„Vielleicht weiß dein Vater mehr, wenn er nach Hause kommt."

Marie nickte zustimmend. Wenn er auch nicht sehr beliebt bei den Bewohnern der Stadt war, kam der Henker doch viel herum und schnappte immer die neuesten und oft dunkelsten Geschichten Ulms auf.

Die beiden jungen Frauen beschlossen, noch eine Runde über den Markt zu laufen und die Waren zu bewundern. Für Marie gehörten die wöchentlichen Marktbesuche ebenso zu ihrer Routine wie die Treffen mit ihrer besten Freundin. Fast so, als ob sie Brot und Eier ebenso zum Leben brauchte wie Gretas Gesellschaft. Sie hakten sich beieinander unter und versuchten, die schrecklichen Nachrichten, die sich wie Gewitterwolken über ihren Tag gelegt hatten, zu vergessen.

„Gang net näh ans Wasser na, sonscht holt di dr 'GaugaMa", so sagte man sich bereits früher. Der GaugaMa, eine mysteriöse Gestalt die in den sogenannten Gauga, den Niederlassungen der Blau, herumspukt, holt sich die Kleinen und die Schmächtigen, indem er sie mit der Kraft des Mondlichts zum Wasser lockt und sie dann mit sich zieht. So heißt es zumindest in einem Handbuch alter Söflinger Sagen. In der Nähe des Fallenstocks zeigte sich der GaugaMa immer wieder, so dass man um den Flussabfall einen großen Bogen machte.

Alle zwei Jahre lässt die Narrenzunft Ulm den GaugaMa an der Viehtränke in Söflingen wieder auferstehen. Vom Schreckgespenst hat sich der GaugaMa in eine feste Figur der Ulmer Fasnachtstradition verwandelt. 2024 feierte der GaugaMa als Fasnetsfigur 30-jähriges Jubiläum.

Kapitel 5

Gendarm Böckel fand Evelyn Holder nicht in ihrem kleinen Haus außerhalb von Söflingens Stadtkern, sondern in der ehemaligen Klosterkirche. Ganz allein und verloren saß sie in einer der Bänke, einen schwarzen Schleier auf dem schneeweißen Haar und ihre von Altersflecken bedeckten Hände gefaltet. Stumm bewegten sich ihre Lippen, während Böckel strammen Schrittes näher kam. Ihre Nachbarin hatte ihn darauf hingewiesen, dass sich die Großmutter des Toten auf den Weg zur Kirche gemacht hatte.

Wenn er sie so ansah – klein und zusammengesunken, den Rücken gebeugt und die Hände vor Anstrengung zitternd – konnte er sich kaum vorstellen, wie viel Überwindung sie der Weg gekostet haben musste. Und doch war sie hier – verloren, betend. Als er sich räusperte, fühlte er sich, als habe er den Frieden in der Kirche gestört. Umso mehr, als die alte Dame zusammenzuckte, ehe sie zu ihm aufsah.

„Frau Holder?"

Sie nickte, und ihre blauen Augen in dem faltigen Gesicht wirkten wacher, als der Gendarm erwartet hatte.

„Ich möchte mit Ihnen gerne über Ihren Enkel sprechen? Böckel, ich bin…"

„Ich weiß, wer Sie sind."

Frau Holder rückte ein wenig zur Seite – eine stumme Einladung für Böckel, neben ihr auf der Kirchbank Platz zu nehmen.

„Hannes war ein guter Junge."

„Niemand bestreitet das, Frau Holder."

„Er hat nie jemandem etwas zuleide getan. Und mir immer frische Fische gebracht. Warum er?" Die alte Frau schüttelte den Kopf und griff nach ihrem spitzenumstickten Taschentuch, um sich die Tränen aus den Augenwinkeln zu tupfen. Dann lehnte sie sich verschwörerisch vor. „Wollen Sie wissen, was ich denke?"

Neugierig neigte der Gendarm den Kopf. Hatte die alte Dame etwa eine Vermutung, wer ihren Enkelsohn auf dem Gewissen hatte? Böckel selbst glaubte nicht an ein Verbrechen – nicht, ehe es tatsächlich Hinweise gab. Er ging der ganzen Sache nur nach, weil er die Zunftmeister nicht vor der Tür stehen haben wollte. Sie mochten es nicht, wenn man sie nicht ernst nahm.

„Es war der GaugaMa."

„Bitte was?" Böckel hüstelte, und seine eigene Stimme kam ihm plötzlich viel zu laut in der Kirche vor.

„Der GaugaMa. Der Ort, die Zeit, und mein armer Hannes, verschwunden."

„Aber Frau Holder, es ist nur eine Geschichte. Ein Ammenmärchen!"

Mit ihren wachen, hellen Augen blickte sie den Gendarm an und schüttelte nur enttäuscht den Kopf.

„In jeder Sage steckt ein Funken Wahrheit. Sollten Sie das nicht am besten wissen?" Sie wendete sich von Herrn Böckel ab und faltete die Hände erneut zum Gebet. Für ein paar

Augenblicke blieb der Gendarm noch neben ihr sitzen, ehe er eine Entschuldigung murmelte und die Kirche eilenden Fußes verließ.

Kapitel 6

Die Kinder in Söflingen kannten die Sage des GaugaMa schon, ehe sie geboren wurden. Wenn die Hände ihrer Mütter liebevoll über gewölbte Bäuche strichen und die Dunkelheit vor den mit Spitzengardinen verhangenen Fenstern aufzog, wurden die alten Sagen und Legenden ausgetauscht. Manche Sagen kannte man weit über die Grenzen von Ulm hinaus: die vom Ulmer Spatz, der den Schwaben einen schlauen Weg zeigte, Holz für das Ulmer Münster durchs Tor zu tragen. Die Sage vom Gänstor, durch das man die Gänse zur Donauwiese trieb. Die Sage vom Metzgerturm, der nur schief stand, weil dort oben die Ulmer Metzger gefangen waren und sich alle auf einer Seite sammelten. Andere Sagen waren weniger bekannt und dennoch hielten sie sich.

Gang net näh ans Wasser na, sonscht holt di dr ´GaugaMa.

Der Spruch wurde den Jüngsten bereits beigebracht, wenn sie an den Röcken ihrer Mütter hingen, die an der Blau ihre Wäsche wuschen oder an der Tränke im Klosterhof ihre Pferde trinken ließen. Die Blau, ein kleines, harmloses Flüsschen, das sich vom Blautopf aus durch Söflingen bis nach Ulm schlängelte. Doch in ihren wispernden Wellen hielt sich hartnäckig das Gerücht, dass ein Wassergeist vor allem Kinder und Schwächere zum Wasser lockte, um seine Opfer in den Tiefen des Flusses zu ertränken. Mit vom Mond gestärkter Zauberkraft trieb der GaugaMa sein Unwesen – und auch als er nicht mehr durch die Gauga, die Niederungen der Blau, spukte, suchte er noch die Kinderzimmer und die Lagerfeuer heim, wo man die Jüngsten warnte, nicht zu nah ans Wasser zu kommen.

Auch Gendarm Markus Böckel kannte die alte Legende. Er hatte sie als Kind bereits gehört, ebenso wie er sie seinen jüngeren Geschwistern weitererzählt hatte – besonders am Badetag, ehe er sie in die Zinkwanne stieß. Die Schrecken seiner Kindheit hatten sich nach und nach in nichts als Schatten verwandelt.

Schatten, die die alte Holder nun wieder heraufbeschworen hatte. Er wollte nichts auf das Geschwätz einer alten Frau geben, die soeben ihren Enkel verloren hatte. Und dennoch hallten die Worte so sehr nach, dass er sich am Nachmittag noch einmal zum Fallenstock der Blau begab, wo der Junge verschwunden war. Trotz des Tageslichts konnte er nichts Verdächtiges dort sehen. Im Matsch nahe des Flusses waren Fußstapfen, die dem jungen Mann gehört hatten. Dort hatte er wohl gestanden und geangelt. Früh am Morgen hatte Böckel zusammen mit anderen Gendarmen das Gebiet durchkämmt, doch die Leiche blieb verschwunden. Nur die tropfnasse Jacke, die er an die Familie weitergegeben hatte, blieb.

Fröstelnd zog er seine Uniformsjacke enger um sich, ehe er sich langsam vom Fallenstock entfernte. Doch für einen Moment war ihm so, als ob er im Augenwinkel eine große, dunkle Gestalt auf der anderen Seite des Flusses stehen sah.

Kapitel 7

Maries Vater kam früher als gewöhnlich nach Hause, doch sie fragte nicht, warum dem so war. Seit sie sich erinnern konnte, hatte er stets freiwillig über das, was er am Tag erlebt hatte, gesprochen. Und wenn er es nicht tat, hatte es meistens seinen Grund.

Betrübt hatte er ausgesehen, als er den Mantel an den Haken neben der Tür hing. Betrübt, und erschöpft. Henker war ein Beruf, der mehr nahm, als er gab. Doch Emmerichs Laune hob sich ein wenig, als Marie die Suppe, die sie gekocht hatte, nachdem sie sich von Greta verabschiedet hatte, auf den Tisch stellte. Die Zutaten waren aus dem kleinen Garten, der an ihr Haus angrenzte – und der Laib Brot war direkt vom Markt. Sie hatte eine Weile am Fischstand verweilt, doch nach allem, was sie heute gehört hatte, war ihr der Appetit auf Forelle gehörig vergangen.

Es dauerte nicht lange, bis sich ihr Vater räusperte und ihre Aufmerksamkeit auf sich zog.

„Schreckliche Sache, mit dem Hannes.""Weißt du schon mehr?"

Der große, breitschultrige Mann schüttelte seinen Kopf.

„Die ganze Stadt spricht darüber, aber niemand weiß genau, was passiert ist."

„Was denkst du?" fragte Marie und schnitt eine Scheibe Brot von dem Laib, die sie ihrem Vater reichte.

„Ich denke, dass man sich von manchen Orten bei Einbruch der Dämmerung fernhalten sollte."

Er war kein abergläubischer Mann, doch in all den Jahren, die er nun mit dem Tod tanzte, hatte er so manch unerklärliches Ereignis gesehen – und umso mehr gehört. Die Menschen liebten es, alte Geschichten weiterzuerzählen, bis sie sich wie Fakten anhörten. Emmerich hörte gerne zu. Darin war er gut: schweigend letzte Worte und Gebete anhören, ohne sie zu kommentieren – Worte, die ihn später heimsuchten.

Lieber hörte er seiner Tochter zu, die ihm von ihrem Tag erzählte. Manchmal plagte ihn das schlechte Gewissen, dass er sie so oft alleine ließ. Sie war zwar in einem Alter, in dem so manches Mädchen bereits verheiratet war und vielleicht sogar schon ein Kind auf dem Schoss hatte, aber für ihn war sie immer seine kleine Marie, die er vor allem Übel auf der Welt beschützen wollte.

Still hörte er zu, wie sie von ihrer Freundin Greta und vom Markttreiben erzählte, und als sie fertig gegessen hatten, half er ihr, das Geschirr zu waschen.

Die Nacht senkte sich über die Stadt und als Marie gähnte und verkündete, dass sie nun ins Bett ginge, hielt er sie für einen Moment am Ärmel fest.

„Bleib vom Wasser fort", bat er sie. Marie verharrte kurz, ehe sie nickte. Warnungen ihres Vaters hinterfragte sie nie.

Kapitel 8

Am nächsten Markttag waren weder Greta noch ihre Familie im Schuhhaus. Wie an jedem Tag hatte Marie sich schon am Morgen auf dem Weg gemacht, während der dichte Nebel, für den Ulm über die Mauern der Stadt hinaus bekannt war, die Spitze des Ulmer Münsters verdeckte. Doch als sie dort ankam, fiel ihr sofort die freie Fläche auf, die die Schusterfamilie normalerweise für sich beanspruchte.

Ein ungutes Gefühl beschlich sie, doch sie wollte sich nicht den Ängsten hingeben. Vielleicht hatte es einen Notfall in der Familie gegeben – vielleicht war jemand krank geworden, oder sie hatten nicht genug Ware, die sie verkaufen konnten.

Marie konnte sich an keinen einzigen Tag erinnern, an dem die Familie ihrer besten Freundin nicht hier gewesen war. Hilflos blickte sie sich um und eine schreckliche Vorahnung beschlich sie.

Jemand ergriff ihren Arm und sie fuhr erschrocken zusammen. Doch es war nur Daniel, der Schustergeselle.

„Geh besser wieder nach Hause, Marie."

„Was ist geschehen?" Daniel schüttelte seinen Kopf.

„Man weiß nichts Genaues aber glaube mir... es ist besser, wenn du nicht hier wartest."

Für einen langen Moment blickten sich die beiden an, ehe Marie aufgab und nickte. Sie konnte hier nichts ausrichten.

Heute vielen ihr die giften Blicke, die sie von allen Seiten trafen, besonders auf – gerade so, als habe sie die Familie davon abgehalten, heute zum Schuhhaus zu kommen.

„Henkerstochter, kleine Hexe", murmelte einer der Schuster und spuckte zur Seite aus.

Anschuldigungen dieser Art waren für Marie nichts Neues. Sie kannte sie schon, seit sie selbst sprechen konnte; die ständigen Gerüchte und das Geflüster rund um ihren Vater und sich selbst. Was ein Mensch nicht kannte, fürchtete er – und weniges war so gefürchtet wie der Tod. Umso schlimmer, wenn dieser gewaltsam durch die Hand eines anderen Menschen kam.

Wie in Trance machte sie sich auf den Weg zurück nach Hause, während ihre Gedanken wie wild kreisten. Was war geschehen – und warum gerade Greta? Marie achtete kaum auf ihre Schritte, denn den Weg zu ihrem Haus fand sie auch blind.

Als sie dort ankam, erstarrte sie: An der Haustür stand Gendarm Böckel mit einem finsteren Gesichtsausdruck.

Kapitel 9

In aller Herrgottsfrühe hatte man Böckel aus dem Bett geläutet – so früh, dass der Nebel noch wie eine herabgefallene Wolkendecke über der Donau waberte, als er durch die Stadt eilte, bis er zum ihm beschriebenen Arm der Blau gelangte. Über schmale Brücken, vorbei an den Zillen, die am Ufer vor Anker lagen – verlassen bis auf eine Entenfamilie, die es sich unter einer der Holzbänke bequem gemacht hatte.

An einer der kleinen Anlegestellen hatte man das Mädchen aus dem Wasser gezogen. Ihre Haut wirkte fahl und bläulich vom kalten Nass, in dem sie gelegen hatte. Ihre Kleider waren durchtränkt, und ihr langes, dunkles Haar hatte sich aus dem Zopf gelöst, den sie getragen hatte. Loses Blattwerk hatte sich in den braunen Tressen verfangen und gab ihr den Anblick einer jungen Ophelia.

Böckel wendete den Blick ab. Er hatte genug gesehen. Ein totes Mädchen, nur Tage nach dem Verschwinden des Fischerjungen. Und wieder war es die Blau, die ein Opfer gefordert hatte. Frau Holders Worte hallten ihm in den Ohren, doch er weigerte sich, an die Spukgeschichten der Alten und der Kinder zu glauben.

Stattdessen berief er sich auf die Fakten.

„Greta Weihersdorfer", murmelte der Mann, der das Mädchen aus dem Wasser gefischt hatte. Er war blass, seine Augen blutunterlaufen.

„Wie können Sie so sicher sein?"

„Das ist die Tochter der Weihersdorfer Schuster. Ich hab sie oft mit der kleinen Henkerin gesehen. Hier, im Viertel." Der Mann zuckte mit den Achseln, ehe sein Blick unweigerlich wieder auf das Mädchen fiel. Langsam zog er seinen Mantel aus und bedeckte sie damit, als ob er ihr noch etwas Wärme geben konnte.

Böckel beobachtete die Szene und unterdrückte mühsam ein Gähnen.

„Mayers Mädchen, meinen Sie?"

„Was?"

„Kleine Henkerin?"

„Ja, Marie."

„Und wissen Sie noch mehr dazu?"

„Verdächtigen Sie jetzt schon Kinder?"

Die Stimme des Mannes wirkte unendlich erschöpft, und Böckel fragte sich, was er wohl arbeitete. Sein Gesicht war von tiefen Augenringen gezeichnet, doch es war noch früh am Tag. Ein Nachtwächter vielleicht?

„Wie haben Sie sie gefunden?"

„Ich wohne hier." Er nickte zu einem der eng beieinander stehenden Häuser. „Ich habe ein seltsames Geräusch gehört. Ein dumpfes Klopfen, als ob etwas gegen den Steg schlägt. Es… es war das Mädchen. Sie muss hierher getrieben sein."

Den Mann schauderte es und plötzlich fühlte der Gendarm so etwas wie Mitleid. „Ich lasse den Bestatter rufen", antwortete Böckel leise, und für einen Moment drückte seine Hand den Arm des Mannes.

Kapitel 10

Marie wusste nicht viel, doch selbst sie war sich bewusst, dass der Besuch eines Gendarms selten etwas Gutes bedeutete. Verstohlen kramte sie den Haustürschlüssel aus ihrer Schürzentasche und deutete einen kleinen Knicks an, ehe sie die Tür aufschloss.

„Kommen Sie doch rein. Haben Sie schon lange gewartet?"

„Lange genug", antwortete Böckel verdrießlich. Er konnte sich nicht erinnern, schon einmal hier gewesen zu sein. In dem kleinen Haus am Henkersgraben, wo Emmerich Mayer mit seiner Tochter lebte

.„Wollten Sie zu meinem Vater? Er ist heute nicht in der Stadt."

„Ich weiß. Ich wollte zu dir."

„Zu mir?"

„Greta Weihersdorfer ist tot."

Für einen Moment schien die Welt stillzustehen. Marie blinzelte. Sie sah, wie sich Böckels Lippen bewegten, doch sie konnte die Worte des Mannes nicht hören. *Greta. Tot.* Es konnte nicht wahr sein. Gerade noch hatten sie miteinander gelacht und eine Brezel geteilt, und nun sollte Greta tot sein? Sie konnte das Blut in ihren Ohren rauschen hören und ihre Sicht verschwamm für einen kurzen Moment, während jegliche Farbe aus ihrem Gesicht wich. Sie taumelte und griff blind nach etwas, wo sie sich festhalten konnte. Doch da war nur der Gendarm, der instinktiv ihren Arm ergriff.

„Das... das muss ein Missverständnis sein."

„Nein, Marie."

Zum ersten Mal seit den frühen Morgenstunden wurde Böckels Mimik weicher. Als er hierher gelaufen war, war er noch überzeugt gewesen, eine potenzielle Verdächtige zu treffen. Es passte gut: Die Henkerstocher, die mit beiden Opfern in Kontakt stand und unbeschadet davon gekommen war; das Mädchen, das keinen Hehl aus der Profession seines Vaters machte und ihm wohl sogar in die Fußstapfen folgen würde.

Nun war sich der Gendarm nicht mehr so sicher. Er half Marie über die Türschwelle, ehe er sie zum nächstbesten Stuhl führte. Sie bewegte sich wie in Trance, unfähig auch nur einen klaren Gedanken zu fassen.

„Wann hast du Greta zum letzten Mal gesehen?"

„Letzte Woche, im Schuhhaus. Wir treffen uns jede Woche im Schuhhaus..."

„Und seitdem hast du nichts mehr von ihr gehört?"

„Wir wollten uns vorhin dort treffen. Sie war nicht dort."

„Kann das jemand bezeugen?"

Marie blickte auf, ihre blauen Augen blass vor Schreck und voll ungeweinter Tränen.

„Verdächtigen Sie etwa mich? Greta war meine beste Freundin! Warum sollte ich ihr jemals etwas antun?!"

„Neid, eine Liebschaft... Es gibt viele Gründe, Marie."

„Verlassen Sie mein Haus. Sofort!"

Böckel zögerte. Er war sich sicher, dass die junge Frau die Stadt nicht verlassen würde. Nur deshalb ging er tatsächlich. Jedoch nicht, ohne sich noch einmal umzudrehen. „Wir sprechen uns noch, Marie." Erst danach erlaubte Marie sich, all die zurückgehaltenen Tränen zu weinen.

Kapitel 11

Marie spürte die Blicke auf sich ruhen, als sie am Arm ihres Vaters im strömenden Regen stand, während Gretas einfacher Eichensarg langsam in das ausgehobene Grab herabgelassen wurde. Was immer Böckel vermutet hatte, musste sich wie ein Lauffeuer herumgesprochen haben – diese grundlose Anschuldigung, dass Marie etwas mit den Morden an der Blau zu tun habe. Sie presste ihr Gesicht an Emmerichs Schulter, während jedes stille Schluchzen ihren Körper wie ein Erdbeben erschüttern ließ.

Man hatte sie Greta nicht noch einmal sehen lassen und nur Gretas Bruder Peter hatte für einen Moment innegehalten, um ihre Hand zu drücken. Gretas Eltern standen am Fuß des Grabes, die Mutter im Arm des Vaters, beide gebeugt von der Trauer, die nur der Verlust des eigenen Kindes mit sich brachte. Marie wusste, dass sie ihnen keinen Trost schenken konnte, und sie hätte es erst gar nicht versucht.

Stattdessen wartete sie, bis die anderen Schuster ihre Beileidsbekundungen verrichtet hatten, ehe sie sich langsam aufrichtete und eine einzelne, gelbe Rose in das Grab hinabfallen ließ. Sie wagte es nicht, den Sarg noch einmal anzuschauen, ehe sie zurück zu ihrem Vater flüchtete.

Fast schien es, als würde die ganze Stadt Trauer tragen. Der dichte Nebel hatte sich heute nicht gelichtet und umhüllte noch immer das Ulmer Münster. Nur wenige Menschen hatten sich hinausgewagt und bis auf die Gruppe der Trauernden war auch der Friedhof verlassen.

„Lass uns gehen, dir muss kalt sein", sagte Emmerich sanft und geleitete seine Tochter weg vom Grab. Er ließ sie nicht los, denn er wusste, was es bedeutete, einen geliebten Menschen zu verlieren. Dass es gerade Marie treffen musste, fühlte sich an wie ein Schlag ins Gesicht. Sie hatte das nicht verdient – niemand sollte so jung sterben, und niemand sollte so jung den besten Freund oder die beste Freundin verlieren.

Sie waren völlig durchnässt, als sie zu Hause ankamen. Vorsichtig legte Emmerich eine Decke um Maries Schultern.

„Ich bereite dir eine Milch mit Honig zu. Danach wirst du dich besser fühlen."

Marie nickte nur, auch wenn sie wusste, dass dem nicht so sein würde. Sie starrte zum Fenster hinaus, doch sah nichts als Regenschlieren und Nebel.

Als sich ihre Hände um die dampfende Tasse voller Milch schlossen, hatte sie bereits einen Entschluss gefasst.

Kapitel 12

Die Kälte kroch durch Ulms Gassen wie ein namenloses Ungeheuer. Auf großen Tatzen mit ausgefahrenen Krallen bewegte es sich, und an jeder Ecke fauchte es, indem scharfe Windböen in Maries Gesicht bliesen. Ihr Mantel war in dieser kalten Nacht nicht genug. Sie hatte die Arme dicht um ihren Körper geschlungen und hastete von einem Laternenschimmer zum nächsten, als ob das Licht ihr Unwohlsein einfach hinfort scheuchen konnte.

Jedes Geräusch ließ sie innehalten, auch wenn es am Ende nur eine streunende Katze, eine verirrte Krähe oder gar eine vorwitzige Ratte war. Die Gassen, denen sie sonst blind folgen konnte, verwandelten sich in der Dunkelheit in ein Labyrinth aus Schatten, das ihr einen Schauer nach dem anderen über den Rücken laufen ließ.

Bleib vom Wasser fort, hatte ihr Vater sie gewarnt.

Sie konnte nicht – sie musste wissen, was mit Hannes und Greta geschehen war.

Im Dunkel der Nacht lag die Blau still unter den kleinen Brücken und schien nicht einmal an den Häusern zu lecken, wie sie es üblicherweise tat. Maries Blick wanderte über die umstehenden Häuser mit ihren dunklen Fenstern und auch sonst war die Stadt wie ausgestorben. Sie verspürte keine Müdigkeit – nur das harte, unnachgiebige Hämmern ihres Herzens, als sie sich über das Steingeländer der nächsten Brücke beugte.

Nichts – keine Bewegung, keine Ente, nicht einmal ein leises Platschen.

Sie ging weiter, immer dem Weg des Wassers folgend. Dort, wo man im Sommer einfach in die Blau steigen konnte, um sich zumindest ein wenig abzukühlen. Dicht am Ufer setzte sie sich nieder, bis der Zipfel ihres Rocks ins Wasser rutschte.

Marie kannte die Sage der schönen Lau, die im Blautopf zu Hause war – doch selbst wenn Wassernixen nicht nur Geschichten wären, würden sie wohl kaum ohne Grund töten. Mit einem Seufzen streckte sie die Hand aus und berührte die eiskalte Oberfläche des Wassers. Für einen Moment vernahm sie ein leises Plätschern, gefolgt von einem Schritt. Sie blickte auf und wollte sich gerade herumdrehen, als die die Gegenwart einer weiteren Person hinter sich wahrnahm.

Hände schlossen sich um ihren Hals, und Marie *schrie.*

Kapitel 13

Der Geruch von brackigem Flusswasser stieg ihr in die Nase. Die Hände um ihren Hals waren groß und seltsam *feucht*. Marie versuchte, sich zu befreien, doch sie verlor das Gleichgewicht und fiel auf die Knie. Ihr Angreifer folgte sofort und vergrub eine Hand in ihrem Haar, während sich die andere wieder um ihre Kehle schloss.

„Hilfe! Hilfe!" schrie sie. Im nächsten Moment wurde sie nach vorne gestoßen und schluckte das kalte, bittere Wasser der Blau, als ihr Kopf unter Wasser gedrückt wurde. Marie schlug um sich und krallte die Hände in den Grund des Flusses. Kies und Schlamm gaben unter dem Druck nach, während ihr Angreifer sie unnachgiebig unter Wasser hielt. Sie zwang sich, die Augen zu öffnen, doch sie konnte nur Schatten sehen – Schatten, die immer verschwommener wurden, als sie gegen die drohende Bewusstlosigkeit ankämpfte.

Mit einem letzten verzweifelten Aufbäumen versuchte sie, sich zu befreien. Doch es war zwecklos. Diese friedvolle Stille wurde schwerer und verlockender, während ihre Glieder langsam immer kälter wurden. Warum noch kämpfen? Es war doch so viel einfacher, aufzugeben und Greta wiederzusehen...

Im nächsten Moment war sie hellwach und beugte sich zur Seite. Erbrochenes gemischt mit Flusswasser kam über ihre Lippen, als sie hustend das Bewusstsein wiedererlangte.

„Lass es raus, Mädchen", sagte eine raue Stimme neben ihr, während eine große Hand über ihren Rücken rieb. Nur langsam wurde ihr klar, wie sehr sie fror. Jemand legte ihr einen schweren Mantel über die Schultern und strich ihr das triefend nasse Haar aus dem Gesicht.

„Kannst du mich hören?"

Marie wollte antworten, doch sie konnte nicht – beinahe, als ob diese gnadenlosen Hände sie immer noch bei der Kehle hielten. Sie hustete, nickte, und hustete erneut.

„Er ist weg! Einfach verschwunden!" Zwei junge Männer rannten die Gasse hinab und blieben vor Marie und ihrem Retter, einem der Fischersleute mit einem grauen Schnauzbart stehen.

„Was soll das heißen, verschwunden?"

„Die nassen Fußspuren, sie enden am Wasser!"

„Nun red doch keinen Unsinn, Heinz!"

Marie schauderte erneut, und der Mann wandte ihr wieder seine Aufmerksamkeit zu.

„Das ist Emmerichs Mädchen – holt ihn her. Und den Böckel auch."

Kapitel 14

Markus Böckel wünschte sich die Tage zurück, in denen das aufregendste, was in Ulm passieren konnte, eine Handvoll gestohlener Hühner war. Völlig verschlafen stand er nun am Ufer der Blau und sah die seltsame Gruppe Menschen vor sich an: der Zunftmeister der Fischerleute, Wilhelm Munkel, dessen Enkel Heinz und Norbert Wasner, ein weiterer junger Fischer. Emmerich Mayer und seine Tochter Marie, die den ganzen Boden volltropfte und deren Hals selbst im Schein der Gaslaternen dunkel vor Blutergüssen war.

Anfangs hatten alle – bis auf Marie – durcheinander geredet, bis der Gendarm sie alle zur Ruhe ermahnt hatte. Was er dann hörte, gefiel ihm noch weniger. Ein Unbekannter hatte Marie an der Blau angegriffen und beinahe erfolgreich ertränkt. Sie hatte um Hilfe schreien können, was den Zunftmeister und die beiden jungen Fischer auf den Plan gerufen hatte. Heinz und Norbert waren dem Angreifer gefolgt, bis sich dessen Spuren weiter unten am Fluss im Wasser verlaufen hatten.

Groß sei er gewesen – groß, und breit. An das Gesicht konnte sich niemand erinnern.

„Er hat wie der Fluss gerochen", murmelte Marie, und zog Herrn Munkels Mantel enger um sich.

Böckel rieb sich die Schläfen und wünschte sich in sein Bett zurück. „Was hattest du denn am Wasser zu suchen?" fragte er müde.

Marie antwortete nicht. Sie wusste, dass es dumm gewesen war. Nicht nur dumm, sondern beinahe tödlich. Ihr Hals schmerzte, und sie fühlte sich bis auf die Knochen durchgeweicht und kalt.

„Seine Hände waren nass", fügte sie leise hinzu und schüttelte den Kopf. Machte es wirklich einen Unterschied?

„Was gedenken Sie nun zu tun?" Emmerich drückte Maries Schultern und starrte den

Gendarm an. Dieser rieb sich stumm die Schläfe.

Frau Holders zierliche Gestalt fiel ihm wieder ein. Der GaugaMa... Es musste die Müdigkeit sein, die ihm überhaupt so weit denken ließ. Er spürte die Anspannung im Raum, die offenen Fragen und diese erdrückenden Erwartungen. Stets sagte man den Menschen, sie müssen nur den Autoritäten vertrauen – doch was tun, wenn es keine Antworten auf offensichtliche Fragen gab?

„Meine Herren, Marie – wie gut kennen Sie die Sagen aus Ulm?"

Kapitel 15

„Drum geh zurück, wo du hergekommen bist. Geh, und komme nicht wieder. Der Herr möge dir ewigen Frieden geben." Der Pfarrer der Söflinger Kirche schlug das Kreuz über dem Fallenstock, während der Pfarrer des Ulmer Münster ein kleines Weihrauchfass über dem Wasser schwenkte. Die Luft roch nach Lavendel und Salbei, während die versammelten Menschen ein leises „Amen" murmelten. Sie waren alle gekommen: Die Weihersdorfer, die Holders, die Munkels, Marie mit ihrem Vater, Gendarm Böckel, und viele andere, die in den letzten Wochen von den zwei Todesfällen und der Attacke auf Marie gehört hatten.

So verrückt es Böckel auch erschienen war, so schnell hatte sich die Idee, dass der GaugaMa zurück sei und junge Seelen ins Wasser zog, verbreitet. Die improvisierte Geisteraustreibung am Söflinger Fallenstock war schnell organisiert, doch er dachte bereits an die Zeit danach. Was, wenn es doch kein Wassergeist, sondern ein Mörder aus Fleisch und Blut war?

Er seufzte und verzog die Nase, als der Weihrauch gerade in seine Richtung wehte. Als er aufsah, blickte er in das Gesicht der alten Frau Holder, die ihm zunickte. Sollte die Mordreihe nun tatsächlich zu Ende sein, würde er ihr danken müssen. Für den Augenblick faltete er nur die Hände und wartete geduldig, bis sich die Menschenmenge wieder aufgelöst hatte. Er blieb noch einen Moment und schaute in die Gauga; den kleinen Ausbuchtungen der Blau, in der sich das Wasser sammelte und die dem Schreckgespenst, was Söflingen und Ulm nun für Wochen in Atem gehalten hatte, seinen Namen gegeben hatte. Alles wirkte so still und ruhig. Hatten die Worte der Pfarrer etwa so schnell gewirkt oder gab es gar keinen GaugaMa?

Böckel sah Marie und ihrem Vater nach. Das arme Mädchen wirkte noch immer so, als habe sie die Attacke nicht ganz losgelassen. Er konnte sehen, wie sie sich dicht bei ihrem Vater hielt und bei jedem Geräusch leicht zusammenzuckte. Ein einfaches Leinentuch verbarg die Spuren des Angriffs, doch auch wenn die Blutergüsse verschwanden, würden die Male auf ihrer Seele bleiben.

Epilog

Nur wenige Tage nach der Geisteraustreibung am Fallenstock legte sich der Aufruhr der Morde und langsam kehrten die Ulmer wieder zu ihrem üblichen, ruhigen Leben zurück. Die Fischer fischten, die Schuster stellten Schuhwerk her, der Henker vollstreckte Strafen und Gendarm Böckel jagte wieder Hühnerdiebe.

Und obwohl es keine weiteren Morde mehr gab, fühlte Marie weder Genugtuung noch Frieden in ihrem Herzen. Die Leiche des Fischer-Hannes wurde nie gefunden. Das Grab, welches seine Familie für ihn ausheben ließ, blieb leer. Nur seine Angelrute darauf erinnerte noch an den Jungen, der seiner Großmutter die dicksten Regenbogenforellen fing.

Oft zog es Marie zu den Armen der Blau, die sich wispernd durch das Viertel schlängelten. Sie fand sich auf den Brücken wieder und manchmal auf den Stufen, die zum Wasser hinab führten. Fast so, als ob sie magisch vom Wasser angezogen wurde. Die zerdrückten

Salbeiblätter in ihrer Hand halfen nicht, sich vom Wasser fernzuhalten.

Vor allem, wenn der Mond hell über Ulm schien, konnte sie dem Ruf des Wassers nicht widerstehen. Marie stellte sicher, dass ihr Vater tief und fest schlief, ehe sie das Haus mitten in der Nacht verließ.

Und mehr als einmal sah sie im Schein des Mondlichts ein Gesicht im Wasser – eine Fratze mit tiefen Augenhöhlen und einem breiten Mund, wie ein Fischmaul. Sie scheute nicht vor dem Anblick und starrte das Ungetüm nur an. Beinahe, als ob er durch die Gebete im Wasser gefangen war und nicht mehr tun konnte, wie es ihm beliebte.

Erst wenn das Gesicht im Wasser von der Dunkelheit geschluckt wurde, kehrte Marie zurück nach Hause.

Sie wusste nicht, dass es Gendarm Böckel ähnlich ging. Immer wenn ihn der Nachtdienst dazu zwang, nachts am Ufer der Blau entlang zu laufen, blieb er unfreiwillig wie gebannt stehen und blinzelte. Einmal, zweimal. Die Fratze im Wasser blieb, auch wenn er sich die Augen rieb und kräftig fluchte. Fast lachte sie ihn aus, ja, mockierte sich über ihn, der sich eingebildet hatte, das Böse in Ulm so einfach aufhalten zu können.

Über die Autorin

Christine Kulgart, geboren 1993, lebt und schreibt in Ulm. 2023 hat sie ihren Debüt-Roman "Rauschberg" veröffentlicht, gefolgt von "Rauhnachtsfeuer". Gemeinsam mit dem Autor:innenkollektiv Schreibfeder veröffentlicht sie Anthologien für einen guten Zweck. Wenn Christine nicht in historischen oder fantastischen Welten schwelgt, arbeitet sie als Redakteurin in einem E-Commerce-Unternehmen und schreibt für verschiedene Fachzeitschriften. Sie hat Vergleichende Literaturwissenschaft studiert und interessiert sich für alles rund um Tod und Sterben.

Zeitfracht Medien GmbH
Ferdinand-Jühlke-Straße 7
99095 Erfurt, Deutschland
produktsicherheit@kolibri360.de